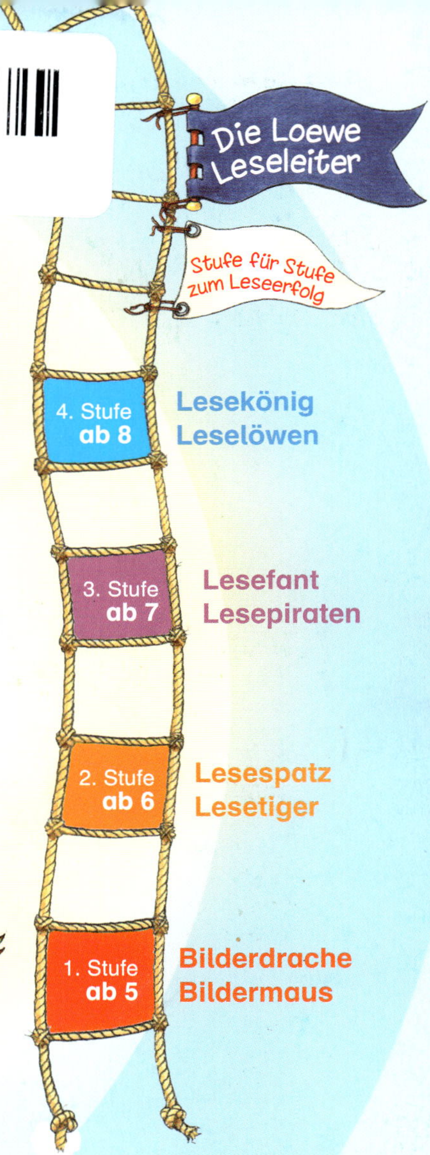

10 Jahre Loewe Leseleiter

Das Erfolgskonzept
zum Lesenlernen

Bibliografische Information Der Deutschen Bibliothek
Die Deutsche Bibliothek verzeichnet diese Publikation in der Deutschen Nationalbibliografie; detaillierte bibliografische Daten sind im Internet über *http://dnb.ddb.de* abrufbar.

Der Umwelt zuliebe ist dieses Buch auf chlorfrei gebleichtem Papier gedruckt.

ISBN 3-7855-5427-3 - 1. Auflage 2005

Als Einzelbände bereits beim Verlag erschienen:
Kleine Lesetiger-Freundschaftsgeschichten
Lesespatz – Mein bester Freund ist ein Vampir
Umschlagillustrationen: Irmgard Paule und Katja Kersting
Reihenlogos: Angelika Stubner
Reihengestaltung: Andreas Henze
Gesamtherstellung: L.E.G.O. S.P.A., Vicenza
Printed in Italy

www.loewe-verlag.de

Sabine Rahn • Katja Kersting

Lesespatz

Mein bester Freund ist ein Vampir

Loewe

Inhalt

Keine Party für Balduin

„Ich will aber Kinder
zum Geburtstag einladen!“,
beharrt Balduin.
„Ich werde morgen
schließlich 60 Jahre alt.“

„Hier gibt es leider
keine anderen Vampirkinder!“,
bedauert seine Mama.

„Und Menschen
haben Angst vor uns“,
sagt sein Papa.
„Sie zücken sofort Knoblauch
und wollen uns vertreiben.“

„Wir hätten in Transsilvanien
bleiben sollen!“, mault Balduin.

Seit die Familie Eckzahn
hierher gezogen ist,
hat Balduin niemanden mehr
zum Spielen.

Hätte Papa bloß nie
dieses doofe Schloss geerbt!

Aber Papa gehört jetzt
nicht nur das alte Schloss,
sondern auch
ein riesiges Vermögen
auf der Waldstädter Blutbank.

„Komm, wir spielen
Vampir-ärgere-dich-nicht“,
schlägt Mama vor.

Aber Balduin will nicht.

„Dann spiel doch mit Schnauzi,
deinem Werwolf“,
schlägt Papa vor.

Aber Balduin hat keine Lust.

Flatterflug zur Blutbank

„Soll ich Blutpudding
für uns kochen?“,
fragt Gräfin Eckzahn.
„Au ja!“, schreien Balduin
und Graf Eckzahn sofort.

Blutpudding ist
für einen Vampir so lecker
wie für uns Erdbeereis,
Schokolade, Gummibärchen
und Sahnetorte auf einmal.

Leider liegt im Kühlschrank
nur noch
ein kleines Stück Blutwurst.

Daraus kann man
unmöglich Pudding kochen.

„Tja, da muss ich wohl
mal wieder zur Blutbank!“,
meint Graf Eckzahn.
„Kommst du mit, Balduin?“

Balduin nickt.
Er fliegt gerne in die Stadt.

Vor der Tür dreht er sich
auf dem rechten Fuß
dreimal linksrum,
dann einmal rechtsrum.

Sofort verwandelt er sich
in eine Fledermaus.
Sein Vater macht es genauso.
Dann fliegen sie los.

Gejagt!

Der Mond scheint hell,
die Sterne funkeln,
und es riecht nach Maiglöckchen.

Die große und die kleine Fledermaus
flattern schon
über den ersten Häusern
von Waldstadt.

Die Blutbank ist
direkt neben dem Zoo.
Am nächsten Kirchturm links,
dann sind sie schon da.

Plötzlich taucht
ein dunkler Schatten
hinter ihnen auf:
eine Eule auf der Jagd!

„Flieg schneller!“,
schreit Graf Eckzahn.

Die Eule kommt immer näher.
Balduin will sich verstecken!
Aber wo?

Verzweifelt schaut er sich um.
Schon streckt die Eule
ihre scharfen Klauen aus ...

Der kleine Vampir
schlägt einen Haken.
Die Klauen verfehlen ihn!
Balduin ist erleichtert.
Aber dann passt er
einen Augenblick nicht auf:

Er donnert gegen ein Fenster.

Gefangen im Schuhkarton

Als Balduin die Augen aufschlägt,
brummt ihm der Kopf.
Er liegt zwischen weichen Socken
in einem Schuhkarton.
Und über den Schuhkarton
beugt sich ein Mädchen.

„Hilfe! Ein Mensch!“,
schreit Balduin erschrocken.

„Hilfe!
Eine sprechende Fledermaus!“,
schreit das Mädchen entsetzt.

Balduin flattert
aus der Schachtel.

Er macht
drei Purzelbäume vorwärts
und einen rückwärts.

So verwandelt er sich
wieder in einen Vampir.
„Irre!“, staunt das Mädchen.
„Kann ich das auch lernen?“

„Äh, ich glaube nicht“,
antwortet Balduin.
„Holst du jetzt Knoblauch,
um mich zu verjagen?“

Das Mädchen schüttelt den Kopf.

„Ich dachte,
Menschen tun das“,
sagt Balduin.

„Ich nicht“, sagt das Mädchen.
„Bist du ein Zauberer?“

„Nein“, antwortet Balduin.
„Ich bin ein Vampir.“

„Oh“, sagt das Mädchen.
„Wirst du mich jetzt beißen?“

„Nein, wozu?“,
fragt Balduin überrascht.

„Ich dachte,
Vampire tun das“,
antwortet das Mädchen.

„Ich nicht!“, versichert Balduin.

„Ich heiße Katja“,
sagt das Mädchen.
„Und du?“

„Ich heiße Balduin“,
sagt Balduin.
Katja hat hübsche Zähne,
findet Balduin.
Und sie lacht so nett.

Balduin ist ziemlich blass,
findet Katja.
Aber er hat
schöne grüne Augen.

„Wollen wir etwas spielen?“,
fragt Katja.
Balduin nickt.

Sie spielen *Monopoly*,
bis eine große Fledermaus
ans Fenster klopft.

„Das ist Papa.
Ich muss weg“,
sagt Balduin.

„Schade“, findet Katja.
„Kommst du mal wieder?“

Balduin nickt.
„Aber immer erst
nach Sonnenuntergang!"
Dann verwandelt er sich
wieder in eine Fledermaus.

Katja öffnet das Fenster
für Balduin und schaut
den beiden Fledermäusen nach.

Die Geburtstagsüberraschung

Als Balduin am
nächsten Abend aufsteht,
singen seine Eltern:
„Zum Geburtstag viel Glück!"

Schnauzi jault dazu.

Balduin packt
viele Geschenke aus.

Dann gibt es Blutpudding,
so viel er essen kann.

„Und jetzt kommt
die beste Überraschung!“,
kündigt Papa an:
„Ein Mitternachts-Picknick
im Waldstädter Zoo.“

„Jippie!“, schreit Balduin.
„Das wird ja doch noch
ein toller Geburtstag!“

Aber das stimmt nicht.
Es wird sogar
ein supertoller Geburtstag.
Denn im Zoo wartet Katja.

„Alles Gute, Balduin!“,
sagt sie und gibt ihm
ein blutrotes Päckchen.
Balduin reißt es auf.

Es ist ein Buch
mit Freundschaftsgeschichten.

„Danke!“,
sagt Balduin und strahlt.

„Was machst du eigentlich nachts im Zoo?“, fragt Balduin neugierig.

„Dein Vater hat mich eingeladen“, antwortet Katja. „Außerdem wohne ich doch hier. Mein Vater ist der Zoodirektor!“

Sie nimmt Balduin an der Hand.
„Was willst du zuerst sehen?“,
fragt sie. „Die Affen?
Die sind so schön lustig!“

„Okay“, sagt Balduin.
„Und nach dem Picknick
gehen wir zu den Wölfen!
Die sind so schön gruselig!“

10 Jahre Loewe Leseleiter

Das Erfolgskonzept
zum Lesenlernen

Claudia Ondracek • Irmgard Paule

Kleine Lesetiger

Freundschaftsgeschichten

Inhalt

Loewe

Die Lieblingspflanze

Entsetzt starrt Anne auf den Blumentopf im Garten. Gestern waren die Blätter alle noch rund und schön.

Und jetzt sind sie angefressen.
Diese blöden Schnecken!

Dabei hat Anne die Pflanze
ihrer Freundin so gut gepflegt.
Drei Wochen lang.

Was wird Judith nur sagen,
wenn sie ihre Lieblingspflanze
gleich abholen will?

Judith ist traurig und wütend.
„Du hast doch versprochen,
darauf aufzupassen“, schimpft sie.

Anne sagt nichts. Das ist gemein!
Wie kann Judith nur denken,
dass sie nicht aufgepasst hat?

„Stell dich bloß nicht so an!“,
schreit Anne plötzlich.
Judith starrt sie an und murmelt:
„So eine Freundin will ich nicht!“

Dann läuft sie einfach weg.
Anne schaut ihr wortlos hinterher.

Morgens sprechen Anne und Judith
kein Wort mehr miteinander.

Und wenn sie sich nachmittags
auf der Straße treffen,
schauen sie beide
in eine andere Richtung.

Anne und Judith haben Streit.
Aber Anne ist traurig.
Judith ist ihre beste Freundin.
Ohne sie macht nichts Spaß!

Anne will, dass Judith
wieder ihre Freundin ist.

Und dann hat Anne eine Idee!
Sie geht in einen Blumenladen.
Dort sucht Anne einen Blumentopf
mit einer schönen Pflanze aus.

„Die ist zwar anders“, denkt sie.
„Aber die Pflanze ist auch schön!“

Zu Hause zögert Anne noch.
Sie traut sich nicht!

Aber dann nimmt sie die Pflanze
und stellt sie vor Judiths Tür.
Anne klingelt und rennt weg.

„Anne, bleib doch stehen!“
Judith kommt keuchend hinterher.
Sie hat die Pflanze im Arm.

„Danke“, sagt Judith zuerst.
Und dann: „Du hast mir gefehlt!“
„Du mir auch“, flüstert Anne.

Ein Fall für zwei!

„Da bist du ja endlich!“,
ruft Arne seinem Freund Chris zu.

„Wir müssen etwas unternehmen!
Da drüben angelt einer und
steckt die Fische in einen Eimer.
Angeln ist hier doch verboten!“

„So eine Sauerei!“, meint Chris.
„Was können wir nur tun?“
Die beiden grübeln vor sich hin.

Dann fällt Chris etwas ein.
Arne grinst seinen Freund an:
„Super, das klappt bestimmt!“

Arne schwimmt los.
In der Nähe des Anglers
fängt er an zu plantschen.

„Schwimm da weg“, ruft der Angler.
„Du vertreibst mir die Fische!“

Aber Arne hört nicht auf ihn.
Er fuchtelt wild mit den Armen
und paddelt mit den Beinen.

„Hör sofort damit auf und verschwinde“,
flucht der Angler und watet ins Wasser.

Darauf hat Chris nur gewartet.
Leise schleicht er sich
hinter einem Gebüsch hervor.

Arne zappelt immer mehr.
Der Angler kommt drohend näher.
„Hau ab, du Bengel!“, brüllt er.

Chris schnappt sich den Eimer
und schüttet die Fische heimlich
in den See zurück.

Dann stellt er den Eimer
schnell wieder hin
und versteckt sich im Gebüsch.

Bevor der Angler Arne erreicht,
taucht der ab und schwimmt davon.

Wütend dreht sich der Angler um
und watet wieder ans Ufer.

Da entdeckt er den leeren Eimer.
„Wer war das?“, brüllt der Angler.
Aber er kann niemanden entdecken.

„Heute ist einfach nicht mein Tag“,
brummt der Angler,
packt seine Sachen und geht.

Arne und Chris liegen
längst wieder in der Sonne
und schauen ihm grinsend nach.

„Wir beide sind einfach
die besten Tierretter der Stadt!“,
sagt Chris glücklich.

„Hast du immer noch Angst?“,
fragt Katja ihre Freundin Lena.

„Ein bisschen“, gesteht die.
„Ich bin froh, dass du hier schläfst.
Mein Bruder ärgert mich immer,
wenn meine Eltern nicht da sind.“

Marwin schaut zur Tür herein:
„Na, Lena, beschützt dich Katja
heute Abend vor bösen Geistern?“

„Hast du schon welche gesehen?“,
fragt Katja. „Wir helfen dir gern,
wenn du Angst hast!“

Marwin grinst: „Ich hör Musik.
Falls ihr Kleinen mich braucht:
Ich bin im Wohnzimmer!"

Lena streckt ihm die Zunge raus.
„Große Brüder sind einfach doof",
meint Katja. „Hör nicht auf ihn!"

Lena lässt einen Gummiball
quer durch ihr Zimmer hüpfen.

Plötzlich springt eine Katze
mit einem Satz dem Ball hinterher.

Katja zuckt erschrocken zusammen.
„Wo kommst du denn her, Luzie?
Ich hab dich gar nicht bemerkt!“

„Luzie taucht immer wie aus
dem Nichts auf“, sagt Lena.
„Sie ist unser Hausgeist.“

„Hausgeist ...“, murmelt Katja.
„Auf Geister wartet Marwin doch.
Das ist die Idee. Wir geistern!“

Lena guckt sie fragend an.
Katja schnappt sich den Gummiball.
„Nimm du Luzie“, meint sie.

Die Wohnzimmertür ist angelehnt.
Marwin liegt auf dem Sofa
und hört mit Kopfhörern Musik.
Er hat nichts bemerkt.

Da gibt Katja Lena ein Zeichen.
Die setzt Luzie auf den Boden.

Dann zielt Katja genau.
Der Gummiball fliegt –
und Luzie springt hinterher.

Luzie landet auf Marwins Bauch
und der Ball auf seiner Nase.
Marwin erschrickt und schreit auf.

„Nur keine Panik, Marwin!“,
rufen Katja und Lena.
„Wir sind doch schon da.
Sollen wir den bösen Geist vertreiben?“

Marwin faucht sie giftig an:
„Haut bloß ab, ihr Nervensägen!“

Katja und Lena kichern.
Marwin wirft mit dem Gummiball
nach ihnen. Katja fängt ihn.

„Super, Katja“, gluckst Lena.
„Mit dir zusammen macht Geistern
richtig Spaß!“

Der alte Mann

Nico steht zögernd am Zaun.
Soll er nun drüberklettern
und die Blumen stibitzen?

„Du traust dich wohl nicht,
du Angsthase", hört er
die fünf Jungs sticheln.

Da gibt sich Nico einen Ruck.
Ob ihn jemand gesehen hat?

Nico ist neu im Dorf. Er möchte
so gerne zu den Fünfen gehören.
Aber das geht nur,
wenn er die Mutprobe besteht.

Nico schleicht zum Blumenbeet.
Die Blumen sind wunderschön.
Viel zu schön zum Pflücken!

Nico schaut sich immer wieder um.
Ob ihn der alte Mann entdeckt,
der hier im Haus wohnt?

Schnell pflückt Nico eine Tulpe.
„Was machst du mit den Blumen?“,
fragt da eine Stimme hinter ihm.

Nico dreht sich langsam um.
Vor ihm steht der alte Mann!
Ob er schnell wegrennen soll?

Der Mann schaut ihn streng an:
„Wofür brauchst du die denn?“

Nico wird knallrot und stottert:
„I…ich w…wollte n…nicht.
A…aber s…sonst g…gehör ich
n…nicht zu d…den F…Fünfen!“

„Eine Mutprobe also, stimmt's?",
sagt der alte Mann. Nico nickt.
Er flüstert: „Tut mir Leid!"

Der Mann pflückt ein paar Blumen.
„Damit du sie bestehst", sagt er.
„Komm, ich bring dich zum Tor!"

Dort gibt er Nico die Hand:
„Viel Glück mit den Fünfen!“
„Danke“, murmelt Nico leise.

Dann fragt er schnell:
„Kann ich mal vorbeikommen?“
„Gerne“, sagt der Mann und lächelt.

Nico läuft los und denkt:
„Der alte Mann ist wirklich nett.“

Die Fünf warten an der Ecke.
Jetzt gehört Nico endlich dazu!
Und er hat noch einen Freund:
den alten Mann!

Leserätsel

Wenn du die Geschichten genau gelesen hast, kannst du das Leserätsel sicher ganz leicht lösen. Trage den Buchstaben der richtigen Antwort zu jeder Frage unten im Kästchen ein – und schon erhältst du das Lösungswort!

Viel Spaß beim Rätseln!

1 Was schenkt Anne Judith zur Versöhnung? (Seite 13)

F: Eine neue Pflanze.
G: Einen Freundschaftsring.
W: Ein Buch.

2 Was macht Chris mit den gefangenen Fischen? (Seite 20)

F: Er will sie verkaufen.
O: Er versteckt sie hinter einem Busch.
R: Er schüttet sie in den See zurück.

3 Wann wird Nico in die Bande aufgenommen? (Seite 35)

A: Wenn er fünf Jahre alt ist.
E: Wenn er eine Mutprobe besteht.
O: Wenn er fünf Geschenke kauft.

Kleine Lesetiger Freundschaftsgeschichten

Lösungswort:

1	2	3	4	5	6	7

4

Was machen Menschen, wenn sie Vampire sehen? (Seite 9)

W: Sie schenken ihnen Knoblauch.
U: Sie zücken Knoblauch, um sie zu vertreiben.
Z: Sie verstecken Knoblauch.

5

Was essen Vampire am liebsten? (Seite 14)

N: Blutpudding.
W: Schokolade.
R: Gummibärchen.

6

Was mag Katja an Balduin? (Seite 28)

E: Seine weißen Zähne.
A: Seine blasse Haut.
D: Seine grünen Augen.

7

Welche Tiere wollen sich Katja und Balduin anschauen? (Seite 36)

E: Die Affen und die Wölfe.
S: Die Affen und die Tiger.
L: Die Wölfe und die Elefanten.

Lesespatz

Mein bester Freund ist ein Vampir